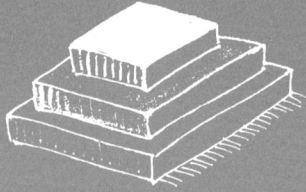

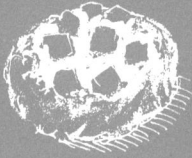

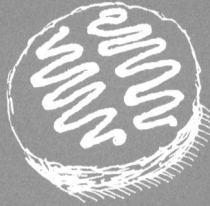

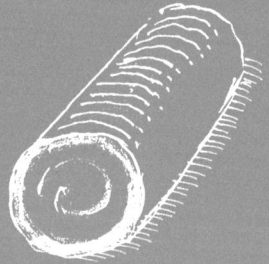

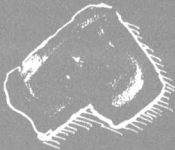

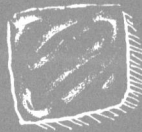

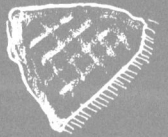

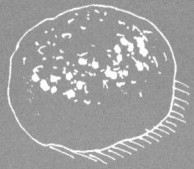

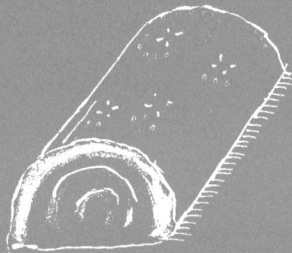

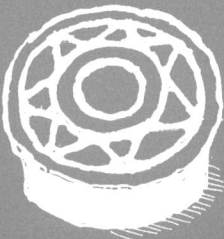

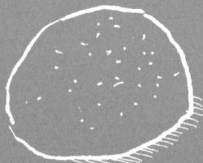

新经典文化股份有限公司
www.readinglife.com
出　品

乌鸦糕点店

[日] 加古里子 著　　[日] 猿渡静子 译

新 星 出 版 社　NEW STAR PRESS

泉水森林是一个乌鸦小镇，那里有很多大大小小的树。

在"黑羽毛三街"一棵不大不小的树上，有一家乌鸦面包店。每天，乌鸦爸爸和乌鸦妈妈都在忙个不停地烤面包。

他们有四个孩子，分别叫小巧克力、小苹果、小柠檬和小年糕。孩子们微笑着，把面包卖给来店里的顾客。

面包店

那棵树越长越高，四个孩子也渐渐地长大了。现在，小巧克力和小年糕已经成了能独当一面的乌鸦少年，而小苹果和小柠檬也变成了美丽的乌鸦少女。

有一天——

乌鸦爸爸对他们说："住在邻县的叔叔病了，我和妈妈要去看望他，你们留在家里看家吧。"

乌鸦妈妈也叮嘱说："记住啊，爸爸妈妈要过三天才能回来。这几天要卖的面包，昨晚爸爸已经烤出了很多，你们还像平时那样卖给顾客就好。"

听到这儿，小巧克力回答道："这很简单，没问题，交给我们吧。"

"哦，很好，那你就当看家班的班长吧，加油哦。"
"明白，保证完成任务！"
"那好，我们这就出发了。"

"爸爸、妈妈，你们放心吧。"
"记得带礼物回来哦。"
"好的，好的，知道了。"
爸爸妈妈走了之后——

　　班长小巧克力和小苹果、小柠檬、小年糕一起，
把店里打扫得干干净净。

　　然后，他们又认认真真地把面包摆放整齐。

做完这些，小巧克力想：

"趁爸爸妈妈不在，我这个班长也来显显身手。"

于是，他跑到里屋，像爸爸那样，把面粉和上水，搅啊搅啊，揉啊揉啊——

揉好的面团就像白色的黏土。他把面团做成圆形、方形、三角形……再把这些形状各异的面团，放进烤炉里。

烤呀烤呀——

很快，周围飘满了香喷喷的味道！打开烤炉，脆脆的小酥饼，还有圆形、三角形的小饼干就出炉了。

小年糕马上抓起一块圆饼干，"呼呼"地吹了几下就往嘴里放。

这时，店里来了客人——

"请给我拿那种我常买的面包。"

进来的是住在桥头、总是精神十足的小耳朵。

小耳朵一看到这些烤得焦黄的圆形、方形的饼干，就被吸引住了。

"啊，太可爱了，你们还做饼干啊！这可太棒了！那我就不客气了。"

说完，她拿起一块饼干，动作比小年糕还要快，"吧嗒吧嗒"地品尝起来，还评价道："嗯，烤得不错，只是味道还差点儿。要是能放点牛奶和糖就好了。"

　　小巧克力一下子紧张起来，急忙问："应、应该怎么放呢？"

　　"怎么放？像平常那样放就行啊。好吧，要是你信得过我，我来帮你。我最喜欢做饼干了。"

　　"好啊好啊。那就拜托啦。"

　　到了第二天——

在小耳朵老师的指导下，一块块金黄的饼干出炉了。

无论是味道还是颜色都像模像样。然后——

12

再给饼干挨个儿涂上果酱、奶油，或者厚厚的巧克力。于是，一批漂亮又好吃的饼干诞生了。他们把这些饼干和面包摆放在一起。

就这样，"美味饼干开售"的消息，
随着香味儿四处传开了——

很快，泉水森林的所有居民都知道了这个消息。

第二天一大早，买面包的顾客和买饼干的孩子都来了，热闹极了。

班长小巧克力，还有一起看家的小苹果、小柠檬和小年糕，都忙得热火朝天。

看到这样的火爆场面，小耳朵和小巧克力又想出一个好主意。到了第二天——

他们烤出了松松软软的蛋糕，有草莓蛋糕、苹果蛋糕、菠萝蛋糕，还有巧克力奶油蛋糕。面包店里摆满了各种各样的蛋糕，他们的店比前一天更热闹了。

臭大森林
蛋糕展销会

毫不知情的乌鸦爸爸和乌鸦妈妈回到泉水森林后，大吃了一惊。

　　小巧克力给爸爸妈妈讲了事情的经过。他还说，有很多顾客喜欢这些点心，所以他们要努力做得更好——

外卖区

于是，爸爸妈妈在面包店旁边，帮他们开了一家蛋糕店。

就这样，小巧克力当上了蛋糕店的店长，小耳朵成了蛋糕店的指导老师。

蛋糕店

一切都进行得很顺利。

面包店

21

来买面包的客人，有时会顺便去旁边买上些蛋糕或者饼干；来买点心的孩子，回家之前也会去逛逛面包店。

有一天，店里来了一个长着白胡子的客人，他问小巧克力店长："你们店的生意这么好，真不简单啊。可是像我这种年纪大的人，更想吃羊羹和豆沙包。能帮我做吗？"

站在旁边的小耳朵一听，微笑着说：
"哇，很好的建议。我们马上做。"
这可是个不小的挑战。
当天晚上，大家在小耳朵老师的指导下，忙到很晚。

到了第二天，和蛋糕、饼干一起摆出来的还有——

泉水森林
各式点心 **糕点店**

滑嫩嫩的羊羹、热乎乎的豆沙包、油汪汪的糯米团子和酥脆脆的煎饼。

连店名也由"蛋糕店"改成了"糕点店"。

白胡子客人马上赶来，高兴地买了很多豆沙包和羊羹。

此后，每天都有很多顾客光
临这家新开张的糕点店。

有一天——

小巧克力拜托小苹果他们
看店，自己去拜访住在桥头的
小耳朵的爸爸妈妈。

小巧克力向小耳朵的爸爸妈妈表示了
感谢，谢谢小耳朵教自己做饼干、蛋糕
还有羊羹，然后请他们同意让小耳朵做
自己的新娘。

住在桥头的小耳朵的爸爸妈妈很开心。

住在黑羽毛三街的小巧克力的爸爸妈妈也很赞成。

就这样——

小巧克力和小耳朵举行了婚礼。

婚礼上，客人们微笑着向他们道喜。每一位客人面前都摆满了漂亮的蛋糕，还有红白馒头等点心。

从那以后，在泉水森林里，紧挨着面包店的地方，小巧克力和小耳朵的糕点店，生意越来越兴隆。

这个关于美味糕点的故事，到这儿就讲完了。

31

后 记

　　《乌鸦面包店》是在 1973 年面世的。从那时开始一直到现在，有很多人读过这本书，在此，我由衷地向大家表示感谢。

　　在这些读者中，有一家人祖孙三代都读过这本书。其中的爷爷写信告诉我："我小时候读过《乌鸦面包店》，现在我的孙子也在读。"这些读者的话仿佛在不断催促我：一定要继续写下去。在这些鼓舞之下，多年之后，我决定画一画四只乌鸦宝宝长大后的样子。这本书讲的是年纪最长的大哥的故事。我想把它画成一本"好吃的书"，怎么样，它还合您的胃口吗？

Karasu no Okashiya-san
Copyright © 2013 by Satoshi Kako
First published in Japan in 2013 by KAISEI-SHA
Publishing Co., Ltd., Tokyo
Simplified Chinese translation rights arranged with KAISEI-SHA Publishing Co., Ltd.
through Japan Foreign-Rights Centre / Bardon-Chinese Media Agency
ALL RIGHTS RESERVED
著作版权合同登记号：01−2014−1529

图书在版编目（CIP）数据

乌鸦糕点店 ／（日）加古里子著 ；（日）猿渡静子译
. —— 北京 ：新星出版社，2021.6（2024.8 重印）
（乌鸦面包店）
ISBN 978−7−5133−4264−3

Ⅰ．①乌… Ⅱ．①加… ②猿… Ⅲ．①儿童故事−图
画故事−日本−现代 Ⅳ．① I313.85

中国版本图书馆 CIP 数据核字 (2021) 第 035429 号

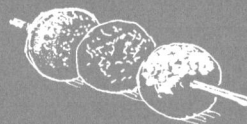

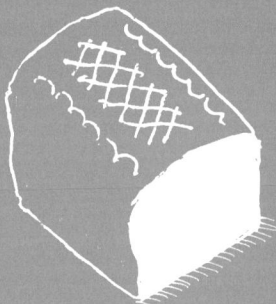

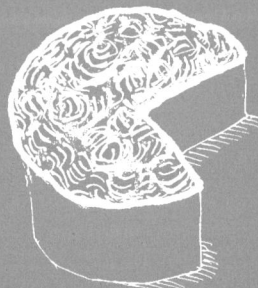

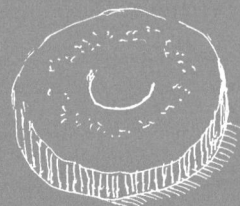

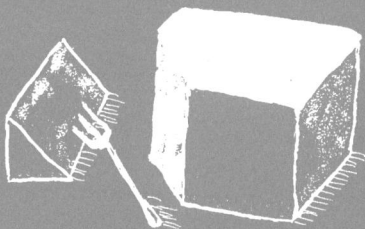

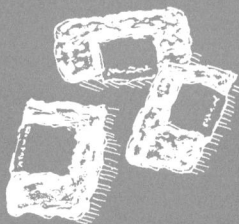

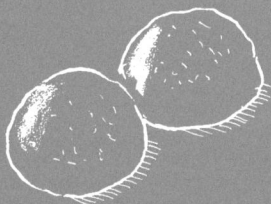

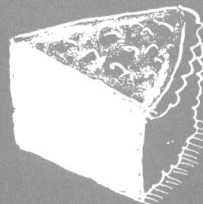

新经典文化股份有限公司
www.readinglife.com
出　品

乌鸦荞麦面店

[日] 加古里子 著　[日] 猿渡静子 译

　　泉水森林是一个乌鸦小镇。在这里的黑羽毛三街上，有一家乌鸦面包店，店里有四个孩子。

　　他们的名字分别叫小巧克力、小苹果、小柠檬和小年糕。

　　在这本书里，你将要读到的是年纪最小的小年糕的故事。

面包店里的小年糕也终于长大，成了能独当一面的少年。

　　他在天妇罗店学会炸东西之后，开始考虑接下来要做些什么。

　　有一天，他悠闲地散着步，走着走着忽然发现自己到了泉水森林的郊外。

向远处望去，白色的田野连绵不断、一望无际。

田野为什么会是白色的呢？他走近一看，原来这一片片的田地里，开着一种白色的小花。

于是——

小年糕走上前去问正在田里干活的叔叔："您好，
请问这种白色的是什么花呀？"

正在除草的叔叔笑着说："哦，这是荞麦的花。"
"荞麦？"
"是啊，就是用来做那种滑溜溜的面条的荞麦。"

4

"啊，这种白色的花能做成荞麦面吗？"

"不，不是用花，花开过后会结出麦粒。那些麦粒才能用来做荞麦面。等过段时间结出麦粒了，你再来看吧。"

"谢谢！叔叔的家就在附近吗？"

"我家在对面的桂花村。我姓八作，一问就知道。"

"谢谢您，八作叔叔。希望有机会再向您请教。"

"可以啊，欢迎你再来！"

自从那次相遇过后，有时刮风、有时下雨，不知不觉过了好多天——

这天，小年糕又来到了这片田野里。咦？田里的白花不见了。

于是，他找到桂花村的八作叔叔家，看见叔叔、婶婶，还有小苹果的好朋友——阿绿正在院子里干活。

"叔叔，我又来了！"

"哦，是你呀，最近还好吧？"

"这不是面包店的小年糕嘛！"

"阿绿，你怎么在这儿？"

"这里是我家呀。"

"原来你住在这儿啊。"

"哈哈哈，原来是我女儿的朋友。小年糕你看，这个就是荞麦开完白花后结的麦粒，把麦粒放在火上烤，完全烤干之后剥掉壳，再把剩下的麦仁儿磨成粉，然后就可以做荞麦面了。再过两三天，我们就要开始做荞麦面了，到时候你再过来吧！"

"好的，谢谢您！我过几天再来。"

小年糕说完，把带来的礼物——面包递给了阿绿。

"哇，真是太感谢了。下次再来的话，要多待一会儿哦。"阿绿的妈妈八作婶婶说道。

三天后——

①   ②   ③   ④   ⑤

小年糕刚到门口，八作婶婶、八作叔叔和阿绿就迎了出来。

"快进来吧！上次你带来的面包真好吃，多谢啊。"

"你来得正好，我们刚刚把荞麦粉磨好。"

"一起来做荞麦面吧。"

他们把做荞麦面的方法教给了小年糕。

①先往荞麦粉里掺一点小麦粉；

②往拌匀的面粉里一点一点倒热水，然后开始揉面；

⑥　　　　　⑦

③把面揉成团后再反复用力揉，直到面团变得比较硬为止；

④用擀面杖慢慢地把面团擀开；

⑤把面皮卷在擀面杖上继续用力擀薄；

⑥等面皮擀得足够薄之后，再把它整齐地叠好；

⑦用刀切出细细的面条。

然后——

⑧ ⑨ ⑩ ⑪

⑧把切好的细面抖一抖，放入开水中；

⑨一边煮一边不停地搅动面条，以免粘在一起；

⑩等荞麦面煮熟后，马上捞出来，放进小竹筐之类的容器中；

⑪用凉水快速冲洗，使面条凉下来，然后滤掉水分装盘。

手擀荞麦面就做好了。

他们把做好的荞麦面摆上桌——

八作婶婶又接着做了好多荞麦面，摆得像小山一样。

　　"好了，我们开始吃吧！"

　　小年糕吃着滑溜溜的手擀荞麦面说："荞麦面这么好吃，我们开个店怎么样？"

阿绿说:"好啊,你来开店一定没问题。"

听阿绿这么说,小年糕又认真地想了想,说:

"是你们教会了我做这么好吃的荞麦面,我们就把店开在院子旁边,怎么样?"

"当然可以。我也会帮忙的。建店铺的事情就交给我吧。"

阿绿马上联系了开卡车的小龙——

第二天，小龙的朋友们都来了。院子旁边有一处地方原本是用来放杂物的，他们开始在那儿动手盖房子。

　　八作叔叔把收割下来的荞麦全都磨成了面粉。

　　小年糕开始和面，用力地揉啊揉，揉啊揉，把面粉揉成面团，再擀成面皮。

八作婶婶把擀好的面皮叠得整整齐齐，然后切成细细长长的面条。

阿绿把餐具洗得干干净净，又做好了荞麦面的蘸汁，开店的准备就完成了。

就这样——

桂花村荞麦面店开张的日子终于到了。

"欢迎光临！给这边的客人做三份蘸汁荞麦面。"

"这边要两份卤汁荞麦面。"

"接着是一份大碗软荞麦面。"

劲道荞麦面

"好的，天妇罗荞麦面两份，再加外带三份，一共五份。"

"劲道荞麦面三份。"

客人接连不断地上门，小年糕、阿绿、八作叔叔和八作婶婶个个都忙个不停。荞麦面店开业的第一天就这样完美结束了。

接着——

面

开店大吉

蘸汁荞麦面

天妇罗荞麦面

卤汁荞麦面

大碗软荞麦面

双拼荞麦面

海盗荞麦面　　山贼荞麦面

第二天，之前帮忙建店铺的小龙和朋友们都来了。

"凉荞麦面两份，配芥末。"

"喵喵荞麦面四份，配鱼糕和木松鱼。"

"野狼荞麦面，配姜末。"

"山贼荞麦面三份。"

"海盗荞麦面两份，配花蛤。"

"双拼荞麦面，一样来一份。"

他们都点了很特别的荞麦面。

野狼荞麦面

喵喵荞麦面

凉荞麦面

他们边吃边说："好面，好面，真是好吃啊。"

"不愧是阿绿家的荞麦面啊。味道好，颜色好，还香气扑鼻。"

小龙吃完，不禁赞叹道。

"还想吃乌冬面呢。"

"啊，你们还想吃乌冬面？好吧，我们明天就做。"

"太好了！我们明天还来。"

"好啊，欢迎光临，我们随时恭候。"

就这样——

到了第三天，除了荞麦面，又有了素乌冬面、狐狸乌冬面、炖乌冬面、浇汁乌冬面、天妇罗乌冬面、鸡蛋乌冬面、赏雪乌冬面、赏花乌冬面、深夜乌冬面和晚霞乌冬面。

天妇罗乌冬面

赏花乌冬面

晚霞乌冬面

鸡蛋乌冬面

深夜乌冬面

赏雪乌冬面

他们做出了各种各样的乌冬面。

既卖荞麦面，又卖乌冬面，桂花村荞麦面店的
名气，渐渐在泉水森林里传开了——

各种
乌
冬
面
上市

炖乌冬面

狐狸乌冬面

素乌冬面

浇汁乌冬面

到了第四天，又推出了：

豪杰乌冬面、美味乌冬面、加量乌冬面、多彩荞麦面、
三色猫乌冬面、小兔荞麦面、汪汪乌冬面、小狗荞麦面。

还有吸溜吸溜细面、水汪汪细面、杂拌细面、漂亮细面、
扁面、宽面和粗面等等，也一样一样地摆上了桌。

扁面

吸溜吸溜细面

宽面

杂拌细面

粗面

漂亮细面

水汪汪细面

在慕名而来的顾客中，有一位带着孩子的乌鸦妈妈，她对小年糕说："虽然这里是荞麦面店，可是这孩子想吃拉面。能帮我们做吗？"

"好的，我们努力想想办法。"

又是一件"麻烦事"。

当天晚上，他们一起揉面、做面汤——

汪汪乌冬面

三色猫乌冬面

加量乌冬面

豪杰乌冬面

小狗荞麦面

小兔荞麦面

多彩荞麦面

美味乌冬面

终于到了第五天早晨。

盐味拉面、酱油拉面、酱味拉面、豆芽拉面、裙带菜拉面、萝卜泥拉面、洋葱拉面、大葱拉面、大蒜拉面、韭菜拉面、多彩拉面、杂拌拉面等等，纷纷登场。

多彩拉面

韭菜拉面

大葱拉面

洋葱拉面

大蒜拉面

杂拌拉面

再加上荞麦面和乌冬面，各个种类的面就都凑齐了。

"在桂花村的荞麦面店，还能吃到拉面哦。"消息很快传开，慕名而来的顾客越来越多。

酱味拉面

盐味拉面

裙带菜拉面

豆芽拉面

萝卜泥拉面

酱油拉面

到了第六天——

冷面、热汤拉面、三鲜什锦拉面、小鸡拉面、地狱拉面、雷电拉面、饺子拉面、杂烩拉面、火锅拉面、蔬菜蘸汁拉面、担担拉面和砰砰拉面全都摆上了桌。

就这样，他们的店变成了荞麦面·乌冬面·拉面店。有一天，还来了一位蓝眼睛的客人。

担担拉面

蔬菜蘸汁拉面

饺子拉面

砰砰拉面

火锅拉面

杂烩拉面

"你们好！这里有通心粉吗？"他问道。

"呀，是外国人。没问题！通心粉和意大利面，全都OK。请明天再次光临！"八作叔叔回答道。

于是，他们又开始忙活了——

地狱拉面

三鲜什锦拉面

冷面

雷电拉面

小鸡拉面

热汤拉面

27

转眼到了开店的第二个星期。

奶酪通心粉、奶油意大利面、慢享通心粉、能量意
大利面、蝴蝶结通心粉、小香叶通心粉、黄瓜通心粉、

南瓜意大利面

黄瓜通心粉

小香叶通心粉

火锅面

酱酱面

酱酱面、火锅面、南瓜意大利面等等，全都端
到了顾客面前。

　　就这样——

奶酪通心粉

慢享通心粉

能量意大利面

奶油意大利面

蝴蝶结通心粉

泉水森林郊外桂花村里的荞麦面店，变成了乌鸦小镇的名店。

在他们品种丰富的菜单中，后来又出现了八作叔叔荞麦面、小年糕乌冬面、八作婶婶拉面和阿绿意大利面这样的新品。

阿绿意大利面

八作婶婶拉面

对了，后来，小年糕做了桂花村荞麦面店的女婿。

下一个休息日，我们要不要一起去尝尝他做的"小年糕乌冬面"，还有阿绿做的"阿绿意大利面"呢？

咦，想带上孩子一起去？那就再多点一份"八作叔叔荞麦面"和"八作婶婶拉面"吧。

我好期待那一天早点儿到来啊！

在这里祝您幸福！

再见！

小年糕乌冬面

八作叔叔荞麦面

荞麦面 拉面 乌冬面 意大利面 八作荞麦面店

后 记

在日本，流传着各种各样的古老故事和民间传说。在这些故事里，经常出现的食物就是荞麦面和细面。那是因为过去人们在贫瘠的山间耕作，只有逢年过节才能吃上白米饭，平日只能吃杂粮或者用草木的果实加工而成的食物。也许是为了吃起来方便，他们用心地把这些食物做成了面条等形状。

如今，世界各地都有各种各样的面，孩子们尤其喜爱吃面，我希望这些孩子到了小年糕的店里，都能帮得上忙。

希望你能在这本书中，畅快地品味从古至今的食物，同时得到很多快乐。

Karasu no Sobaya-san
Copyright © 2013 by Satoshi Kako
First published in Japan in 2013 by KAISEI-SHA Publishing Co., Ltd., Tokyo
Simplified Chinese translation rights arranged with KAISEI-SHA Publishing Co., Ltd.
through Japan Foreign-Rights Centre / Bardon-Chinese Media Agency
著作版权合同登记号：01-2014-1528

图书在版编目（CIP）数据

乌鸦荞麦面店／（日）加古里子著；（日）猿渡静子译. —— 北京：新星出版社，2021.6（2024.8 重印）
（乌鸦面包店）
ISBN 978-7-5133-4264-3

Ⅰ. ①乌… Ⅱ. ①加… ②猿… Ⅲ. ①儿童故事-图画故事-日本-现代 Ⅳ. ① I313.85

中国版本图书馆 CIP 数据核字 (2021) 第 035412 号

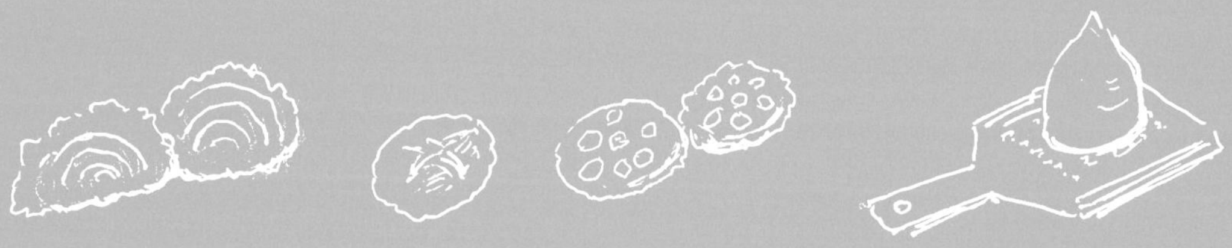

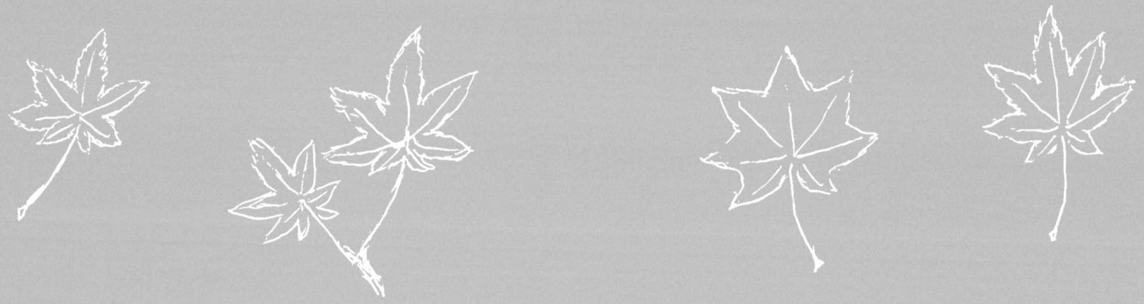

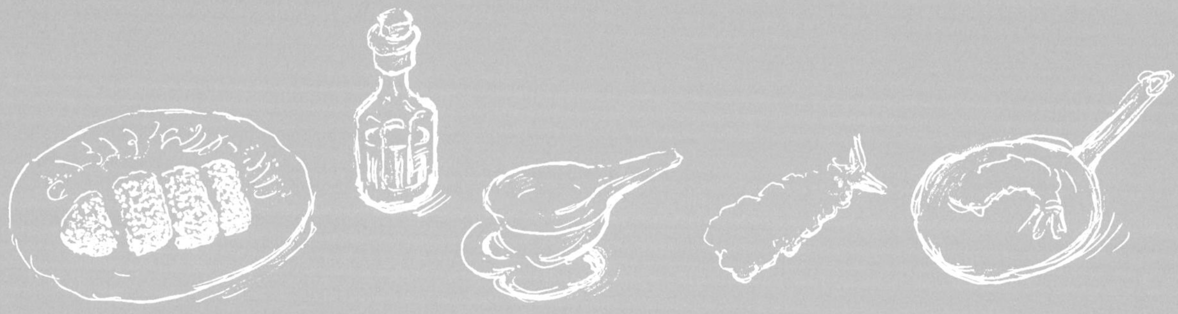

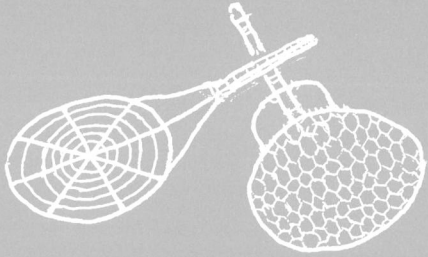

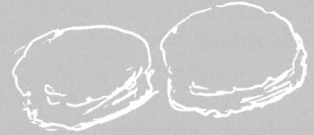

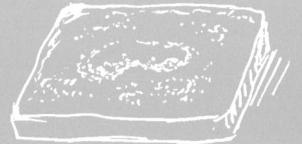

新经典文化股份有限公司
www.readinglife.com
出　品

乌鸦天妇罗店

[日] 加古里子 著　[日] 猿渡静子 译

新星出版社　NEW STAR PRESS

泉水森林是一个乌鸦小镇，镇上有一条枫树路，路边开着很多店铺，非常热闹。

有一天，枫树路上的天妇罗店突然着火了。

虽然很快就有好几辆消防车赶来，但天妇罗店还是全部化为灰烬，什么都没剩下。

万幸的是，火势没有向别处蔓延。当七嘴八舌的围观人群（应该说是"围观乌鸦群"）散去后，街上又恢复了往日的平静——

乌鸦面包店的小柠檬和小年糕，来探望这不幸的一家。

在烧得一片焦黑的废墟上，天妇罗店的久兵大叔和他的儿子小石头正在伤心地哭着。

旁边站着小石头的朋友——小龙，他正在鼓励久兵大叔和小石头："叔叔，别泄气，您可是天妇罗大师呀，一定还能做出美味的炸虾天妇罗。小石头，受点儿小伤怕什么，别气馁，一切都会好起来的。"

但是——

"全完了，都烧光了，可怎么办啊。我的太太不见了，我儿子好不容易才记住了天妇罗的做法，现在眼睛也受了伤。全都完了。我们没法再开天妇罗店了。呜呜呜呜……"久兵大叔又哭了起来。

听到这儿——

5

一直在一旁没出声的小柠檬和小年
糕开口说话了。

"叔叔，如果您觉得没问题
的话，能不能教我炸东西呢？"

"还有我，也请教我做天妇
罗吧！"

小龙听完，也大声说道："你们还真是干劲十足啊！久兵大叔，我明天会带一些朋友过来，帮您把新饭店盖起来。一切都会恢复的，放心吧！"

小柠檬把带给久兵大叔的东西交到他手里，说道："东西不多，是我们面包店的一点心意。你们吃完了一定要打起精神来。"

"真不好意思啊，太谢谢了。你们都是好人啊。呜呜，呜呜……"久兵大叔又开始哭了起来。

第二天，小龙的朋友们都来帮忙，开始在废墟上忙碌起来——

一个比之前还要气派的店面建了起来。

他们还找来了各种做天妇罗的厨具。

看到重新建好的店面和这些厨具——

水 💧💧 凉的

油 热的

一直伤心落泪的久兵大叔打起了精神。小石头的眼睛烧伤了，虽然还有点疼，但也跟小柠檬和小年糕一起，开始上炸天妇罗的"秘诀"课。

（所谓"秘诀"指的是：绝对不会告诉别人的小妙招。）

"好，那就开始吧。大家知道，油和水是不能混在一起的，而且，热油很容易着火。如果在热油里突然放入含有水分的东西，水会迸出来，油也会往外溅。溅出来的油要是燃起来，又会酿成火灾。

"但做天妇罗，就是要把含有水分的食物放进热油里炸。所以，最难的地方是，要把握好油温和火势，放食物的时候也要注意。这一点非常重要。"

"知道了。""好的。""我明白了。"

"准备好了吧？那我们开始做了。"

"我们的第一节课，是炸蔬菜。

"现在用的蔬菜，是'森林蔬菜店'来慰问时送的。我们先把菜洗一洗，控控水，然后切成大小适中的块儿。接着，把它们慢慢放进热油里，炸上一小会儿，等到外表变成了金黄色，蔬菜就炸好了。"

久兵大叔教的这些，小石头一直认真地听着。

小柠檬和小年糕按大叔教的做法，做好了炸蔬菜。

"不错，不错，大家做得很好。好了，炸蔬菜你们已经学会了，今天的课就上到这儿。明天接着讲下一课。"

于是，小柠檬和小年糕带着一部分炸好的蔬菜，高高兴兴地回家去了。

第二天，小柠檬和小年糕从小巧克力的糕点店里要来一些面粉和鸡蛋。

久兵大叔在面粉中加上水开始搅拌，然后放入鸡蛋，做成天妇罗的面糊。

"好了，今天我们炸蔬菜天妇罗。先把蔬菜切成大小适中的块儿，然后裹上面糊，慢慢地放到热油里。放到油里后，蔬菜表面的面糊先受热凝固。

"凝固后的面糊紧紧包裹着蔬菜，把热传到蔬菜里面，让蔬菜变得软软的、香喷喷的，这种美味的食物就是'蔬菜天妇罗'。

"好了，开始做吧。"

小柠檬和小年糕的天妇罗炸得很不错。

"太好了，大家都学会了!"第二天的课程结束了。

有很多人在听到天妇罗店要重新开张的消息后，立刻就赶来了。于是，小柠檬他们把炸好的蔬菜天妇罗送给了这些客人。

① 首先，去掉
虾头和虾壳；

② 在虾肉上
切几个口；

第三天的课程是，做炸虾天妇罗，简称"虾天"。虾是小龙的朋友开着卡车从海港刚运来的。

"哇哈哈，这么棒的虾，肯定能让大家喜欢的'久兵虾天'名声再起。"

当浓郁的香味飘出来时，一只只美味的虾天就做好了。

③吸干虾肉
的水分，裹
上面糊；

④把裹好面糊
的虾肉快速放
进油锅里炸。

"哇，真厉害！真厉害！不愧是久兵大叔做的虾
天啊！"

"今晚我要吃虾天盖饭。"顾客们把小柠檬他们
做的"虾天"全都买走了。

很快，第四天的课程开始了。

"哈哈，昨天大家做的炸虾天妇罗非常好，今天我们要学习炸大虾。'炸物'和天妇罗的区别在于，裹完面糊后还要再裹一层面包糠。今天的面包糠是黑羽毛三街的面包店送给我们的。好了，我们开始吧。"

①先去掉虾头和虾壳；

②在虾肉上切几个口；

③裹上面粉和鸡蛋混合而成的面糊；

④再裹上面包糠；

大家的炸大虾都做得很好。

"好了，我的课程到这就结束了。我的秘诀都教完了，你们都做得很棒，可以拿一百分得金牌。"

店里的客人也纷纷道喜："祝贺！ 祝贺你们！！ "
最后，客人们把炸大虾都买走了。就在大家收拾东西的时候——

⑤放入热油中，
直到炸成金黄色；

⑥出锅装盘。

滴嘟——滴嘟——滴嘟——一辆救护车从远处驶来，停在了店门口。

从车里走出来的竟然是——

他们一直在寻找却没找到的久兵太太。

"啊呀呀，我们还以为没有希望了呢。原来你还活着！"

"太好了，妈妈回来了！"

眼睛受伤的小石头也取下绷带，高兴地扑向妈妈。

久兵太太说："火灾那天，我被大火给围住了，后来我就完全失去意识，被救护车抬走了。因为一直不能动弹，也没办法给你们捎个信儿。让你们担心了，对不起！"

"不管怎么说，能活下来就好！"

店里的客人们也都激动地说："太好了！太好了！"大家为他们的团聚感到高兴，还有人感动落泪。

久兵大叔大声说:"太好了,我太太平安回来了,店铺也要重新开张了,'久兵天妇罗'的秘诀小石头他们也都学会了……我想办一个久兵天妇罗店的开业庆祝会,你们觉得怎么样?"

小龙、小柠檬和小年糕一齐大声说：
"好的，没问题，我们会把您的手艺传承下去。"
"大伙齐心协力，办一个热闹的庆祝会吧。"
"让我们也露一手，交给我们吧！"

于是——

庆祝会的准备工作开始了。

蔬菜天妇罗、炸蔬菜、大虾天妇罗、炸大虾、鱼排天妇罗、炸鱼排、猪排天妇罗、炸猪排……大家忙着做各种天妇罗和炸物，热闹又开心。

除此之外，店铺四周也挂上了各种美丽的装饰。所有的人都忙得团团转。

开业庆祝会
久兵天妇罗店

在热闹与忙碌中，又传来一个好消息——小石头受伤的眼睛终于能看清东西了！他看到了爸爸妈妈的脸庞，看到了他们开心、幸福的笑容。

　　就这样，庆祝会终于要开始了——

这是个盛大的日子。乌鸦小镇的所有居民都赶来了，大家在久兵大叔的店门前，高高兴兴地吃着天妇罗、聊着天……

小龙他们还欢快地弹起乐器，一起合唱《天妇罗一周之歌》。

开业庆祝会
久兵天妇罗店

♫星期一，身心清爽，饱食大虾天的 Monday 呀；

星期二，美味炸物，沾上酱汁的 Tuesday 呀；

星期三，绝美天妇罗，用蔬菜嫩叶炸的 Wednesday 呀；

星期四，块块炸猪排，堆成小山的 Thursday 呀；

星期五，细细裹面糊，再蘸上面包糠的 Friday 呀；

星期六，用炸牡蛎干杯，总是那么美味的 Saturday 呀；

星期日，一切都炸好啦，道一声辛苦的 Sunday 呀。♫

就这样，热热闹闹
的庆祝会结束了。

第二天——

罗店

久兵大叔一家向小柠檬表达了感谢和喜爱——

小石头谢谢小柠檬在他眼睛受伤的时候照顾他，久兵大叔非常佩服小柠檬学习炸天妇罗秘诀的热情，久兵太太喜欢小柠檬总是乐呵呵的性格，他们都希望小柠檬能嫁到天妇罗店里来。

小柠檬微笑着，小声地答应了小石头。

庆祝会后的第二个周日，小石头和小柠檬在天妇罗店门前举行了婚礼。

大家一起合唱《天妇罗炸物之歌》，这次的婚礼比之前的庆祝会还要隆重。

♫热热的油，什么都能炸，
　炸刨冰，炸冰激凌，
　天妇罗香喷喷，炸物松松脆；
　加吉鱼天妇罗炸呀炸，
　西瓜、香蕉也能炸，
　天妇罗香喷喷，炸物松松脆；
　炸天妇罗的小石头，怎么看都
　和小柠檬最呀最合适，
　天妇罗香喷喷，炸物松松脆。

小石头 小柠檬 新婚快乐

此后，枫树路的天妇罗店一直开到现在，大家每天都很努力地工作。如果你有机会到泉水森林去，或许能闻到香喷喷的味道，还能听到关于天妇罗的歌呢。

后 记

　　这本书讲的是乌鸦面包店的第三个孩子——小柠檬长大之后的故事。不知不觉间，小柠檬已经长成了一个健康、美丽、善良的女孩子。在宁静、欢乐的泉水森林里，偶尔也会发生一些意外。故事里讲的就是面对灾难，小柠檬和她的伙伴们一起做了什么。

　　我在经历战争和地震灾难时，遇到过像小柠檬这样的人，他们教给了我一些平时难以学到的珍贵道理。这让我意识到，人类并不只是单纯地聚居在一起，而应该是一个相互帮助、相互扶持的"社会"。

　　这就是我写这个故事的初衷。

Karasu no Tempuraya-san
Copyright © 2013 by Satoshi Kako
First published in Japan in 2013 by KAISEI-SHA Publishing Co., Ltd., Tokyo
Simplified Chinese translation rights arranged with KAISEI-SHA Publishing Co., Ltd.
through Japan Foreign-Rights Centre / Bardon-Chinese Media Agency
ALL RIGHTS RESERVED
著作版权合同登记号：01-2014-1527

图书在版编目（CIP）数据

乌鸦天妇罗店 ／（日）加古里子著 ；（日）猿渡静子
译 . -- 北京：新星出版社，2021.6（2024.8 重印）
（乌鸦面包店）
ISBN 978-7-5133-4264-3
Ⅰ . ①乌… Ⅱ . ①加… ②猿… Ⅲ . ①儿童故事-图
画故事-日本-现代 Ⅳ . ① I313.85
中国版本图书馆 CIP 数据核字 (2021) 第 035430 号

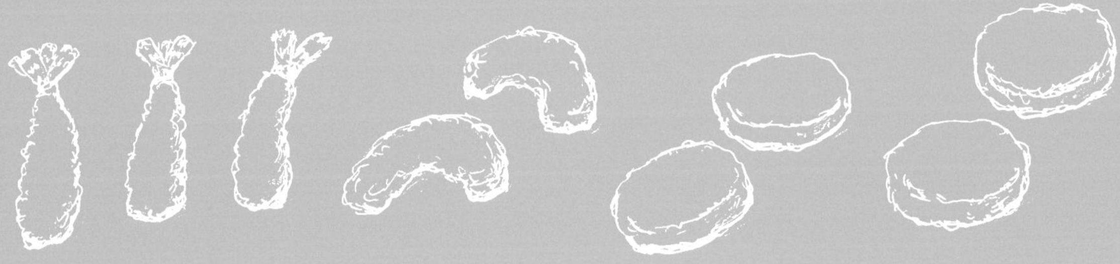

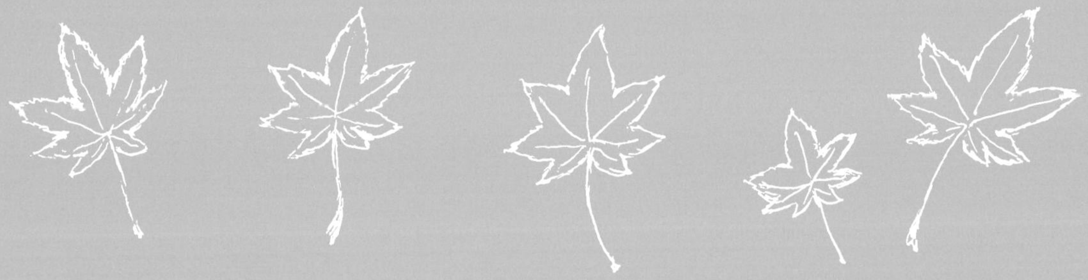

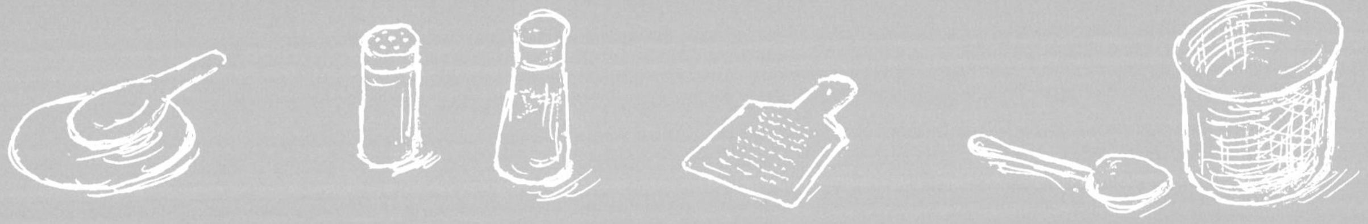

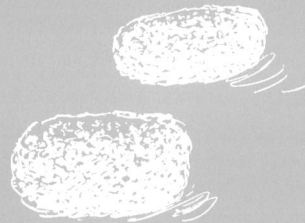

新经典文化股份有限公司
www.readinglife.com
出　品

乌鸦蔬果店

[日] 加古里子 著　[日] 猿渡静子 译

新星出版社　NEW STAR PRESS

泉水森林里有很多树，树上住着许许多多的乌鸦，形成了一个乌鸦小镇。

在小镇的"黑羽毛三街"上有一家乌鸦面包店，店里的小乌鸦们都长大了。小苹果和小柠檬长成了美丽的乌鸦少女，小巧克力和小年糕也成了能独当一面的乌鸦少年。小巧克力还当上了糕点店店长，他的店就开在面包店旁边。

他们家的大女儿小苹果有一个好朋友，名叫阿绿。

小时候，小苹果和阿绿经常在一起唱歌、搞恶作剧。现在她们长大了，可还是那么要好，常常待在一起聊天或者听音乐。

有一天——

小苹果和阿绿正在枫树路散步，突然看到有个人正汗流浃背地拉着一辆板车。

　　再仔细一瞧，原来拉车的是阿绿的表弟小叶。

　　（你知道"表弟"指的是谁吗？

　　你爸爸妈妈的兄弟姐妹，你叫他们"叔叔、伯伯、舅舅"或者"姨、姑姑"。他们的孩子就是你的"表兄弟、表姐妹"或者"堂兄弟、堂姐妹"。）

　　看到小叶那么辛苦，阿绿和小苹果可不能不管，于是她们急急忙忙赶上去帮着推车——

他们终于把这一大车东西运到了小叶家。

"呀，你们真是帮了大忙，太感谢了！"久美阿姨
迎了出来。

久美阿姨解释说，她让小叶把后院种的蔬菜拿到
热闹的枫树路去卖，可是一点儿都没卖掉，只好又拉
回来了。

小叶的爸爸去世了，久美阿姨为了补贴家用，种
了些蔬菜。

5

"不用特地去那么远的地方，在橡树街卖就行。"阿绿说。

"这里离镇上那么远，不会有人来吧？"小叶说。

"会不会来，我们试试看吧。"

阿绿说完，马上把蔬菜拿到街上摆了出来。

大伙一起忙着为开店营业做准备。

他们把蔬菜按大小摆放整齐。阿绿问：

"阿姨，怎么标价格呢？"

"哦，标得便宜点儿，只要能全部卖出去就行。"

"知道了。那就这样吧……"

他们做好了各种价签：

每个都3块

随便挑3块

一个3块

特价3块

然后放在蔬菜旁边。

就这样，一切准备就绪。

特价 3块

一个 3块

路过的大婶和阿姨们，你一言我一语地说：
"哇，好便宜，真不错！"
"我买这个，还有这个。"
她们一边说着，一边纷纷买走了那些又大又
好的蔬菜。

全部 3 块

随便挑 3 块

每个都 3 块

最后，长得小巧可爱的蔬菜都剩下了。

于是，小叶、阿绿、久美阿姨和小苹果又商量了一下——

9

随便挑 1块

特价 1块

他们在个头较小的蔬菜旁边，放上了
这样的价签：

超便宜 1块

每个都 1块

全部 1块

特价 1块

随便挑 1块

于是，奶奶、大婶、阿姨和姐姐们都
从很远的地方特地赶来。

全部
一块

每个
都一块

超便宜
一块

"昨天还 3 块呢，今天才 1 块钱哟。"
"虽然小了点儿，但真的很便宜。"
"请给我拿三个这种可爱的。"
"给我来两个。"
"再给我也来两个。"

就这样，顾客们一个接着一个，买走了所有的蔬菜。

接着——

小叶和小苹果又去地里摘了一些蔬菜，阿绿和久美阿姨把它们摆得整整齐齐。

　　看到这么多客人过来，他们决定给店起个名字。

新鲜蔬菜店

便宜蔬菜店

小叶的蔬菜　久美的店

他们想了各种各样的名字。

美果绿叶蔬菜店

久美 小叶 的蔬菜店

小叶的蔬菜店

久美 阿绿 蔬菜店

新鲜蔬菜店

好又便宜

楼蔬 菜街 店

小叶 阿绿 蔬菜店

后来，因为小叶、小苹果、久美阿姨和阿绿都
为这个店出了一份力，他们决定用每个人名字中的
一个字组合成"美果绿叶蔬菜店"，把它作为店名。

"太棒了，太棒了，这个太棒了！"
正当他们准备把新招牌立起来的时候——

阿绿和
小苹果的
蔬菜店

蔬菜店
再便
便宜宜

优质模范
蔬菜店

蔬菜店

一位绅士走了过来。他对小叶说："我是春秋农业协会的。我们种的蔬菜能委托你们店卖吗？应季的蔬菜和南北各地的水果，我们都能运过来，请帮帮我们吧。"

小叶高兴地说："好的，那真是太好了。说实话，我们家的蔬菜已经全部摘完了。您帮我们大忙了！"

"哦，那就太好了！我们马上送过来，拜托了！"

就这样——

第二天一大早，一辆大卡车送来了堆得像小山似的蔬菜。

这回他们卖的不再是自己家后院种的蔬菜，而是来自不同菜地里的各种蔬菜。

春秋农业协会

一堆堆、一排排蔬菜摆得整整齐齐，"美果绿叶蔬菜店"的招牌也换成了新的。

春秋农业协会的蔬菜

美果绿叶蔬菜店

春秋农业协会的蔬菜
芙果绿叶蔬菜店

一个 3 块
两个 5 块

一千 3 块
两个 5 块

一千 3 块
两个 5 块

一个 3 块

两个 5 块

他们决定这么卖。

"这么多蔬菜，我们能卖出去吗？如果
剩下了，那就再卖每个 1 块好了。"

虽然小叶心里这么想——

一千
3块

两个
5块

农农业方合的糖菜
果果淳子糖菜店

客人却越来越多。他们从四面八方赶来，
你买两个，我买三个……

19

到了傍晚，所有的蔬菜都卖掉了。

"呀，这可难办了。明天要卖的蔬菜怎么办呢？"

正在小叶担心的时候，送货的卡车又来了。

这回，卡车运来的是香甜的水果，其中还有一些稀有水果。大家又商量了一下，决定——

两块

一块

全部售完

春秋农业协会的
美果绿叶蔬果店
水果

一 三
个 个
3 7
块 块

"快来看快来瞧，美果绿叶蔬果店的新鲜水果。"

"一个 3 块。"

"三个 7 块。"

他们吆喝着。

可是，水果不像蔬菜，最终没能卖掉多少。

"不降到 1 块一个,恐怕还是卖不掉啊。"

所有人中最担心的是小叶。但小苹果似乎也在思考着什么——

春秋农业协会的
美果绿叶蔬果店

水果

三七
3 7
块块

小苹果给每个水果都画了一张可爱的脸。

微笑的梨、桃和草莓

笑出酒窝的苹果和樱桃

萌萌的香蕉和西瓜

做顶牛游戏的葡萄

笑哈哈的橘子

乐呵呵的菠萝……

24

路过的阿姨、大婶和奶奶们不禁停下脚步，她们都说：

"啊，真可爱。我买点儿回去。"

"哇，这笑脸，看着就让人高兴。"

就这样，她们把这些画了笑脸的水果一个个都买走了。

接着——

第二天，卡车又运来了蔬菜。小苹果在蔬菜上也画出了一张张微笑的、吃惊的、委屈的脸。

阿姨和大婶们看到这些蔬菜后，纷纷说：

"哇，请给我这些可爱的黄瓜和茄子。"

"我喜欢这个跟我长得很像的土豆。"

就这样，这些蔬菜也一个个卖掉了。

之后——

因为美果绿叶蔬果店有好多蔬菜和水果，不知从什么时候开始，人们给它起了各种各样的名字："笑眯眯蔬菜水果店""要什么有什么蔬果店"……

渐渐地，光临蔬果店的顾客越来越多，这条街变得越来越热闹，远离泉水森林小镇的橡树街也有了名气。

春秋农业协会的蔬菜水果

美果绿叶蔬果店

7块

蔬菜水果

时间飞逝。

有一天，久美阿姨微笑着对正在干活的小苹果说，希望她能做小叶的新娘。

阿绿和小苹果的爸爸妈妈也笑着表示赞成。

蔬菜水果

一斤3块

从那以后，橡树街的蔬果店
就变成了小叶和小苹果的店。
　　如果有一天你去了泉水森林，
请一定要去橡树街看看。

美果
绿叶
蔬果店

绿叶
美果
蔬果店

一蔬
块菜
水
果

一千块

　　也许直到现在，在那个小小的"美果绿叶蔬果店"里，蔬菜和水果仍然带着一张张笑脸，在那儿迎接我们呢。

后 记

这本书是《乌鸦面包店》的后续故事，说的是四个孩子中的乌鸦姐姐"小苹果"长大之后的事。

小叶他们在帮久美阿姨卖蔬菜和水果时，会依据周围的人群特点和销售状况，逐步调整价格。为了尽可能多地卖出去，他们还考虑到顾客的兴趣和需求，想出了各种各样的办法。这些做法，在零售业和销售工作中非常重要。当孩子们长大成人，进入社会开始工作后，有些问题是他们必须要思考的，比如什么是经济学中的基本关系。

基于此，希望您在享受阅读乐趣的同时，也能产生一些思考。

Karasu no Yaoya-san
Copyright © 2013 by Satoshi Kako
First published in Japan in 2013 by KAISEI-SHA Publishing Co., Ltd., Tokyo
Simplified Chinese translation rights arranged with KAISEI-SHA Publishing Co., Ltd.
through Japan Foreign-Rights Centre / Bardon-Chinese Media Agency
ALL RIGHTS RESERVED
著作版权合同登记号：01-2014-1526

图书在版编目（CIP）数据

乌鸦蔬果店 ／（日）加古里子著 ；（日）猿渡静子译
. —— 北京 ：新星出版社 ，2021.6（2024.8 重印）
（乌鸦面包店）
ISBN 978-7-5133-4264-3
Ⅰ.①乌… Ⅱ.①加… ②猿… Ⅲ.①儿童故事－图
画故事－日本－现代 Ⅳ.① I313.85
中国版本图书馆 CIP 数据核字 (2021) 第 035413 号

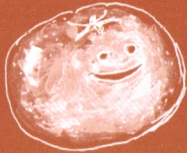

新经典文化股份有限公司
www.readinglife.com
出　品

乌鸦面包店

[日] 加古里子 著 [日] 猿渡静子 译

新 星 出 版 社 NEW STAR PRESS

泉水森林是一个乌鸦小镇。

泉水森林里长着 200 棵大大的树，400 棵不大不小的树，还有 800 棵小小的树。

这些树上，全都是乌鸦的家。

在泉水森林"黑羽毛三街"的拐角处，有一棵不大不小的树，那里开着一家"乌鸦面包店"。

在乌鸦面包店里，女店主刚刚生下四个宝宝。这四只乌鸦宝宝，又小又可爱。

他们的羽毛不仅不是黑色的，而且个个都不一样。

小乌鸦们出生后，乌鸦爸爸和乌鸦妈妈高兴得合不拢嘴。他们给这四个小家伙分别起名叫：小巧克力、小苹果、小柠檬和小年糕。

他们俩温柔细心地养育着四个孩子。

在面包店里，乌鸦爸爸负责烤面包。他每天都早早起床，忙着和面、揉面，然后把团好的面团放进炉子里烤。

可是现在，只要乌鸦宝宝们一哭，他就会急忙飞过去，又是哄又是抱的，所以常常不是把面包烤糊了，就是烤得半生不熟。

在面包店里，乌鸦妈妈
负责打扫店面和招呼客人。

可是现在，只要乌鸦宝宝们一哭，
她就会赶紧飞过去，给他们喂奶、换
尿布，所以常常不是让客人在那儿干
等，就是把店里弄得一团糟。

渐渐地，来买面包的客人越
来越少，家里也变得越来越穷。

为此，乌鸦爸爸和乌鸦妈妈很着急，好在小巧克力、小苹果、小柠檬、小年糕这四个小家伙，还是一天天健康地长大了。

他们每天吵吵闹闹，顽皮极了，还很喜欢缠着爸爸、妈妈——

"呜呜，我摔跤了。"

"我不穿这件带补丁的衣服！"

"唔，哈，锵锵锵锵，我是大侠！"

"妈妈，我肚子饿了，有东西吃吗？"

为了照顾他们，爸爸、妈妈已经手脚忙个不停，可还要拼命干活。

于是，那些卖不出去的糊面包和半生不熟的面包，就成了小巧克力他们的点心。

小巧克力他们啊呜啊呜、吧唧吧唧地吃着点心，把其他乌鸦家的孩子吸引了过来。他们问："小巧克力、小柠檬，这是你们平常老吃的点心吗？"

　　"对啊，这种很特别的点心面包，全世界只有我爸爸会烤哦。"

　　"好吃吗？"

"当然好吃！不信你们尝一尝。"

的确，这些面包虽然有一点儿苦，但是嚼起来很香。

"真的哦，真的非常好吃！"

"我明天就来买这种点心面包，记得给我留一点儿。"

"我也想多买点儿，给我多留一些。"

"好，就这么说定了！"

小巧克力他们连忙去找爸爸。

"小墨和小鹿想买我们当点心吃的那种面包！"

"啊——那种面包啊，只要把火点着，就能烤出很多来。"

"小宫和阿冬也说要多买点儿。"

"哦，是嘛。那你们能来帮帮忙吗？"

"好啊，好啊，我们来帮忙！"

于是——

他们一起嘿哟、
嘿哟和起面来。

接着，把和好的面揉
啊揉啊，再捏成小团。

然后喊着号子，一起
把面团放进炉子里。

最后，面包出炉了——

他们烤了很多热乎乎、黄灿灿、
香喷喷的面包。

第二天，来了一大群乌鸦小朋友——

"我要买点心面包！"

"好的，好的！"

"我也要买！"

"我也要买，快点儿，快点儿！"

"好好，来了，来了！"

"这种点心面包真好吃！"

"谢谢！"

"如果能再便宜一点儿，我会每天都来买。"

"还有啊，你们的面包店该打扫打扫了！"

"是，是，对不起！"

"面包的种类再多一点儿就好了！"

"谢谢，谢谢，真的非常感谢！"

这些小客人走了之后，他们赶紧把面包店打扫干净。

然后，大家又一起开动脑筋——

做了很多不同
形状，好玩又好吃
的面包。

星星面包

蘑菇面包

锤子面包

草莓面包

铁锅面包

扁豆面包

企鹅面包

足球面包

直升机面包

狐狸面包

郁金香面包

花瓶面包

电视面包

玉米面包

蜻蜓面包

雨靴面包

青蛙面包

鸵鸟面包

螃蟹面包

葡萄面包

河马面包

天狗面包

公鸡面包

香蕉面包

乌龟面包

圆萝卜面包

鸭子面包

菠萝面包

瓢虫面包

茶壶面包

锯子面包

贝壳面包

18

恐龙面包

小猫面包

小轿车面包

兔子面包

鳄鱼面包

 汤锅面包

 帽子面包

 鸽子面包

 棒球手套面包

 酒壶面包

橙子面包

 雪人面包

 剪刀面包

 牙刷面包

 电话面包

木屐面包

玻璃杯面包

斑马面包

书本面包

珊瑚面包

达摩面包

蜗牛面包

小提琴面包

帆船面包

铲子面包

 茄子面包

小蛇面包

白萝卜面包

狸猫面包

雷神面包

铅笔面包 鲷鱼面包

飞机面包

大象面包

竹笋面包

西瓜面包

墨鱼面包

熊猫面包

仙人掌面包

蝴蝶面包

大鼓面包

镜饼面包 *

南瓜面包

八爪鱼面包

长颈鹿面包

鲸鱼面包

苹果面包

栗子面包

小狗面包

老鼠面包

钢琴面包

小猪面包

烤面包的香味儿在森林里四处飘散。很快，乌鸦面包店的面包又好吃又好玩的消息，就在乌鸦小镇的孩子们中间传开了。

所有的乌鸦小朋友都很兴奋。天还没亮，他们就从这棵树、那棵树，纷纷向面包店飞来。

睡得迷迷糊糊的智多星被这声音吵醒了。

"怎么了？怎么了？怎么这么吵？啊，面包刚出炉，已经开始卖了……哎呀，'黑羽毛三街'的面包店也太火啦！我也去买点儿！"

贪心的智多星提了一个大大的桶，飞了出去。

糊涂虫"大迷糊"看到他，问道："去哪儿？去哪儿？你去哪儿？什么……'黑羽毛三街'的面包店起大火啦？那可不得了！"

"大迷糊"连忙给消防队打电话。

很快——

消防队来了。

♪着火了，着火了！

着大火了！

红彤彤的大火啊！

听说很多人已经受伤了！

救护车也飞奔而来。

♪怎么啦，哎呀呀！

都是重伤呀！

流血的流血，

摔倒的摔倒，

眼看着不行了，可怎么办呀！

一个连的武警也赶来了。

♪出事了，出事了！

出大事了！

小偷来了，强盗也来了！

拿着手枪，已经开火啦！

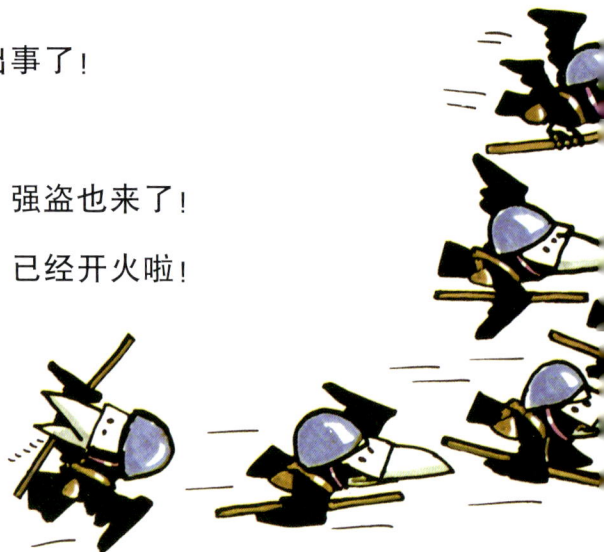

就这样，场面越来越乱——

山大婶、
花婆婆、
马伯伯、
李老板、
王豆腐、
张阿姨，
全都赶了过来。

《鸦鸦晚报》的特派员冲了过来，
嘎嘎电视台的摄像师也冲了过来。

大家在面包店周围挤成一团，
飞上飞下，乱极了。
　　这时，面包店的乌鸦爸爸举起
喇叭大声喊道：

"今天欢迎大家的光临！

现在来买面包的客人太多了，所以每人最多只能买三个。

买三个的客人，请排在棕色风车下面；

买两个的客人，请排在红色风车下面；

买一个的客人，请排在黄色风车下面；

不买面包，只是来参观的客人，请到白色风车下面。

现在，请大家排好队！"

刚才还乱成一团的乌鸦们，这时都到指定的
风车底下，整齐地排好了队。

　　因为误传，有许多乌鸦以为发生了火灾，甚
至以为有小偷打架，才会急忙赶来，根本不是为
买面包而来的，但是现在，白色风车那里竟然一
只乌鸦都没有。

最后出现了这样的场面——

"好的，谢谢，谢谢！

您买一个是吧，给您！

您买三个是吧，给您！

欢迎下次再来！"

所有的客人都高高兴兴地回家去了。

打那以后，乌鸦爸爸、乌鸦妈妈和小乌鸦们，都更加努力地工作，来买面包的客人们也很开心。

　　就这样，"黑羽毛三街"的面包店，在整个乌鸦小镇获得了一致的称赞，成了一家又气派又特别的面包店。

如果有一天，你在一个陌生的森林里，
突然闻到一股烤面包的香味儿，那么一定要
抬头看一看森林的上方。

如果你看到一个旋转着的四色风车，那里一定
就是"乌鸦面包店"所在的泉水森林。
说不定，你还会在森林中遇到小巧克力他们呢！

后 记

迄今为止，我创作过好几本以鸟为主题的绘本。在这些绘本中，《乌鸦面包店》的故事是以 1951 年 3 月我送给一位前辈的结婚贺礼——手绘绘本为底本创作的，最终完成于我在儿童会工作期间。关于这本《乌鸦面包店》，我的心中一直藏着一个秘密。现在它得以出版，我想趁此机会，介绍一部对这本书产生了很大影响和启示的艺术作品。

喜欢舞蹈的人一定知道，俄罗斯有一个叫莫伊塞耶夫的剧团。这是一个演过多部传统文化主题舞剧的优秀剧团。其中有一个剧目叫《游击队员组曲》。讲的是在漫漫征途中，游击队员在马背上一边睡觉，一边行进、侦察、瞭望，后来遭遇伏击，有同伴负伤，最后成功突围、取得胜利的故事。结尾的一幕是为了迎接下一次战斗，游击队员消失在茫茫旷野的情景。这部作品非常诗情画意，其中的民族舞令人叹为观止。但若让我把这场艺术气息浓郁的精彩表演画下来，我更希望描绘的是剧中出场的那一个个士兵、农民、劳动者，那或年轻或年迈的男女。我想画出这些人物丰富而细腻的内心世界，这一直是我的一个心愿。

我从莫伊塞耶夫剧团的表演中体会到，如何在画中表现一个个活生生的人；最重要的是，如何把他们纳入整体画面中。于是我尝试着画了一只又一只乌鸦，构成了这本绘本。这就是我创作这本绘本的缘由。所以，请你再次仔细观察一下书中乌鸦们的表情吧，希望你能会心一笑。

镜饼：日本人过年的时候，供奉给神明的扁圆形年糕，祈求来年一切顺利、平安。通常是一大一小两个年糕叠放在一起，上面用干柿子、干鱿鱼、橘子、海带等做装饰。

KARASU NO PANYA SAN
Copyright © 1973 by Satoshi KAKO
First published in Japan in 1973 by KAISEI-SHA Publishing Co., Ltd.
Simplified Chinese translation rights arranged with KAISEI-SHA Publishing Co., Ltd.
through Japan Foreign Rights Centre/ Bardon-Chinese Media Agency
All rights reserved.
著作版权合同登记号：01-2013-6649

图书在版编目（CIP）数据

乌鸦面包店 ／（日）加古里子著 ；（日）猿渡静子译
. -- 北京 ：新星出版社，2021.6（2024.8 重印）
（乌鸦面包店）
ISBN 978-7-5133-4264-3

Ⅰ．①乌… Ⅱ．①加… ②猿… Ⅲ．①儿童故事-图
画故事-日本-现代 Ⅳ．① 1313.85

中国版本图书馆 CIP 数据核字 (2021) 第 035428 号

乌鸦面包店（全 5 册）

[日] 加古里子 著
[日] 猿渡静子 译

责任编辑 汪　欣
特约编辑 马晓娴　黄　锐
装帧设计 徐　蕊　江宛乐
内文制作 田晓波
责任印制 李珊珊　万　坤

出　　版 新星出版社　www.newstarpress.com
出　版　人 马汝军
社　　址 北京市西城区车公庄大街丙 3 号楼　　邮编 100044
　　　　　　电话 (010)88310888　　传真 (010)65270449
发　　行 新经典发行有限公司
　　　　　　电话 (010)68423599　　邮箱 editor@readinglife.com

印　　刷 北京富诚彩色印刷有限公司
开　　本 889mm×1050mm　1/16
印　　张 10
字　　数 20千字
版　　次 2021年6月第一版　　2024年8月第六次印刷
书　　号 ISBN 978-7-5133-4264-3
定　　价 138.00元（全5册）